# Hexenmondin

Shakti Morgane

Hexenmondin

Das Trauma jetzt im Traum zerrinnt
so wie die Spinne ihr Netzwerk spinnt,
so wird es wieder abgebaut,
durch Raum und Zeit
der alte Alb vom Traum geklaut.

© 2017 Christiane Hausmann
Autorin: Shakti Morgane
Verlag: BoD · Books on Demand GmbH, In de Tarpen 42,
22848 Norderstedt, bod@bod.de
Druck: Libri Plureos GmbH, Friedensallee 273,
22763 Hamburg
ISBN: 978-3-7448-2096-7

2. Auflage

www.shaktimorgane.de

MIX
Papier aus verantwortungsvollen Quellen
Paper from responsible sources
FSC® C105338
FSC
www.fsc.org

## Inhalt

## Hexenmondin

„Ich habe Sehnsucht nach meinem Mann und er merkt es nicht einmal", dachte Melinda und schob seufzend das Buch zur Seite, ging zum Schreibtisch und schrieb den Gedanken nieder, bevor sie ihn vergaß. Sie wollte sich irgendwann einmal an alles Wichtige in ihrem Leben erinnern, um den Sinn zu erkennen, der hinter den Dingen stand.

Sie war überzeugt, dass jeder Mensch mit dem sie Kontakt hatte, entweder Teil des Problems oder Teil der Lösung war und versuchte deshalb immer herauszubekommen, was die Menschen von ihr wollten. Bei ihrem Mann war ihr das bis heute nicht gelungen. Er entzog sich ihrem prüfenden Blick, ihrer Ansprache und Zuwendung. Er wandte sich einfach ab. Offenbar wollte er tatsächlich nur ‚seine Ruhe' haben. Man muss sich das einmal vorstellen: Er hatte geheiratet, um seine Ruhe zu haben! Was sollte man davon bloß halten? Echtes

Kommunizieren war zu viel für ihn. Was sollte sie nur damit anfangen?

Dabei hatte alles so leidenschaftlich angefangen, obwohl sie von Anfang an die treibende Kraft war. Da fiel ihr plötzlich ein wie ihr alter Vater kurz vor seinem Ableben, als er schon lange krank war, einmal gesagt hatte: „Immer wenn ich ins Zimmer komme, gehen alle weg." Er war tatsächlich allmählich zu einer Person geworden, die keiner mehr ertragen konnte. Vielleicht war es bei ihrem Mann und ihr genauso? Er konnte oder wollte sie in ihrer Art nicht mehr ertragen. Weil sie nicht zuhören wollte und ständig forderte? Was forderte? Liebe!? Sie forderte unablässig Zuwendung und Liebe, und er konnte ihr nicht geben, was sie brauchte. Niemand konnte das.

Tja, und damit waren wir wieder am Anfang. So konnte es nicht weiter gehen.

Es war Dezember, drei Tage vor Silvester. Ein nasskaltes ungemütliches Wetter, bei dem sich jeder am liebsten in der warmen Stube verkroch, trübte die Stimmung. Niemand war zuhause. Es war 17 Uhr nachmittags. Im

Treppenhaus klingelte jemand beim Nachbarn. Melinda setzte sich auf ihre Couch und dachte darüber nach, was sie als nächstes tun wollte. Zum Fernsehen hatte sie keine Lust. Die Schreibtischlampe verbreitete ihr Licht auf die Tastatur des Computers, der Rest des Zimmers lag im Halbdunkel. Melinda seufzte und lehnte sich zurück. Da erschien wie aus dem Nichts ihr Mann im Zimmer, er blickte Melinda fordernd an und sie wunderte sich. Sie erzählte ihm von ihren Sorgen und Sehnsüchten und versuchte ihm die Verzweiflung zu erklären, die in ihr bohrte. Aber er beschwichtigte sie, war nett zu ihr und sie überließ sich seinen Armen. Sie sah das rote Gesicht ihres Mannes über sich und dachte: „Wie schön, dass es wieder so wie früher ist." Da veränderte sich das Muster der Wandtapete und sie fühlte sich hinauskatapultiert in einen taghellen Himmel, schwebte etwa einen Meter über dem Zimmer, das keine Zimmerdecke mehr hatte und in dem sich riesige Bambusgewächse eng aneinander zu ihr nach oben drängten und glucksende Geräusche machten.

Das Geräusch eines Schlüssels, der im Schloss umgedreht wurde, ließ die Szenerie verschwinden und Melinda fand sich allein auf dem Sofa liegend, mit klopfendem Herzen aus einem Traum erwachend, in der Dunkelheit ihres Wohnzimmers wieder.

Ihr Sohn war nach Hause gekommen, betrat das Zimmer, drehte das Oberlicht an und fragte: „Mama, was gibt es zu essen?"

Sofort fühlte Melinda, wie die Wut in ihr hochstieg. Eine solche Frage brachte sie fürchterlich in Rage. „Kannst Du Dir nicht selbst etwas zu essen machen? Das ist doch hier kein Restaurant!" - „Sorry Mom, reg Dich nicht auf. Ich frag ja nur mal."

Melinda war überfordert und reagierte über. Ihr Sohn Timo war inzwischen einundzwanzig Jahre alt und hätte eigentlich längst aus ihrer Wohnung ausziehen sollen. Das hatte er vor zwei Jahren auch getan und war mit einem Freund zusammen in eine Wohngemeinschaft gezogen. Er befand sich damals noch in der Ausbildung und die Eltern übernahmen den Mietanteil für das

Zimmer in der Wohngemeinschaft. Aber der Sohn fing ein Techtelmechtel mit einer in demselben Haus wohnenden Schlampe an. Diese leichtfertige junge Dame schlief außerdem mit dem anderen Mitbewohner der Wohngemeinschaft, obwohl sie einen festen Freund hatte. Das zerstörte natürlich das Verhältnis zwischen den beiden jungen Männern. Der Mitbewohner, der auch der Hauptmieter war, zog aus und kündigte die Wohnung. Der Sohn musste wieder zurück in die Elternwohnung. Die einst so schöne heile Welt zwischen zwei Freunden war aufgrund von deren Handlungen ins Wanken geraten und hatte sich in den Auswirkungen auch für die Eltern verändert. Was einmal gewollt war, war nun nicht mehr durchführbar.

Am meisten litt Melinda unter den Auswirkungen dieser Handlung. Ihre kleine Wohnung war jetzt noch zusätzlich mit den Möbeln aus dem Wohngemeinschaftszimmer voll gestellt. Überall im Flur, in den Zimmern und im Bad lagen die Sachen von Timo herum.

Melinda, die bemüht war, Ordnung in ihr Leben zu bringen, was sie mittels Feng Shui in ihrer Wohnung versuchte, war über die zunehmenden Yin-Kräfte so entsetzt, dass sie beschloss diese Schlampe, der sie das Chaos in ihrer Wohnung verdankte, zu verfluchen. Das tat sie mit einem Ritual. Daraufhin träumte sie des Nachts wie sie ein Sicherungssystem in ihrem Haus anbrachte. Man konnte es jedoch austricksen. Eine fremde Frau rief an und behauptete, sie solle etwas liefern. Melinda schaltete das System aus. Die Frau fuhr mit einem roten Auto auf die Einfahrt, kam ins Haus und erschoss Melinda. Im zweiten Teil des Traums sah Melinda überall goldene kleine Schlangen herumliegen. Sie sahen aus wie Armreifen. Dann war sie plötzlich über und über mit kleinen echten Schlangen bedeckt. Sie machte sie von sich ab. Sie waren wie Klebstoff. Timo war auch im Traum dabei und von Schlangen bedeckt.

Es war ein Traum von Tod und Teufel. Aber für Melinda war dieser Traum ein gutes Zeichen, denn in einer früheren Inkarnation im alten Ägypten hatte sie gelernt, dass Schlangen als Symbol für Lebenskraft gelten. Wie zur Bestätigung fand sie, als sie morgens zur Arbeit ins Büro ging, auf dem Bürgersteig einen goldfarbenen Armreif, der wie eine Schlange geformt war.

Melinda fühlte sich nun beschützt und machte sich weder Sorgen wegen der Wohnsituation noch Gewissensbisse aufgrund des Albtraums.

Was Melinda derzeit weitaus mehr beunruhigte, war das Verhältnis zu ihrem Mann. Dieser litt unter schweren Depressionen und stand ihr daher nicht zur Verfügung. Das machte sie wütend. Sie ärgerte sich, dass er ihr mehr und mehr entglitt und fühlte sich vernachlässigt. Ständig bohrte in ihr der Wunsch, sich zu trennen. Sie sprach mit ihrer Freundin darüber, konnte sich aber noch nicht zu einer solchen Entscheidung durchringen. Mit ihrem Mann selbst konnte sie nicht sprechen. Er ließ sie einfach nicht an sich heran. Das letzte Mal, als sie ihre Eheprobleme ansprechen wollte, ging er einfach aus dem Zimmer.

Der Arbeitstag verlief ruhig. Auf der Treppe in der Behörde, in der Melinda arbeitete, begegneten ihr zwei befreundete Sekretärinnen, die sich über ihren Chef beklagten. Melinda hörte zufällig was sie sagten und sprach sie an. Im Laufe des Gesprächs riet sie ihnen, sich so schnell wie möglich einen anderen Job zu suchen, bevor sie krank werden. Dann erzählte sie ihnen von ihrer eigenen Bossing-Erfahrung mit ihrem ehemaligen Chef, dem sie auch nur dadurch entkam, dass sie sich in einer anderen Abteilung bewarb und dort auch eingestellt wurde. Eine der beiden Sekretärinnen war nicht vollständig davon überzeugt, dass das der einzige Ausweg sein sollte.

Die Situation in einer großen Behörde war durch Sachzwänge gekennzeichnet. Diese, Korporatokratie genannte Gesellschaft, in der Melinda lebte, war eine Gesellschaft des Diebstahls von oben, ausgeführt durch Eliten im Namen des Sachzwangs. Die Massenhysterie des Sachzwangs führte zum Burnout bei den Menschen. Burnout resultierte aus dem Druck der Sachzwänge und wurde durch die zunehmende Technisierung und Digitalisierung der Arbeitsabläufe beschleunigt. Das führte bei den einzelnen Angestellten dazu, keine Zeit mehr für sich selbst zu finden, nicht mehr zur Ruhe kommen zu können. Die zunehmende Kompliziertheit der Bürokratie durch ausufernde Vorschriften der Regelung und Kontrolle wurde von den Funktionseliten eingeführt, damit die zeitlich wechselnden Eliten aufgrund der Undurchschaubarkeit der bürokratischen Vorgänge umso leichter ihr 'eigenes Süppchen kochen' konnten und das bestand darin: untereinander und von anderen Mehrarbeit abzupressen und ihnen Geld, Privilegien und Annehmlichkeiten wegzunehmen und bei sich selbst anzuhäufen. Die Frage blieb, wie konnte sich der einzelne Mensch dagegen wehren, im Namen des Sachzwangs zum Opfer derjenigen zu werden, die gerade 'das Sagen' hatten? Denn, wenn es ein strukturelles Problem war, dann nützte ein anderer Chef wenig. Da konnte man allenfalls vom Regen in die Traufe kommen.

Diese Gedanken gingen Melinda abends auf dem Weg zur U-Bahn durch den Kopf. Jedoch ohne Ergebnis.

Zuhause angekommen, zeigte Timo ihr das erste Wohnungsangebot, das der Vermieter auf seine Bewerbung hin geschickt hatte. Beide freuten sich riesig und machten gleich einen Termin mit der Vormieterin aus, um die Wohnung zu besichtigen. Die Wohnung war angenehm, klein, 1 Zimmer, und die Miete war annehmbar. Der Sohn sagte dem Vermieter zu und wartete darauf, einen Mietvertrag abzuschließen. Nichts passierte. Stattdessen trafen immer mehr Wohnungsangebote ein. Wieder wurden Besichtigungstermine vereinbart. Wieder wurden die Wohnungen dem Vermieter zugesagt. Nur - ein Mietvertrag kam nicht zustande. Inzwischen waren sechs Monate verstrichen. Das 'Hotel-Mama' in Melindas Wohnung hatte sich nicht geändert. Mutter und Sohn fühlten sich veräppelt.

Melinda beschloss jetzt selbst direkt beim Vermieter nachzufragen, wann sie mit einer Wohnung für ihren

Sohn rechnen könne. Der Vermieter teilte lakonisch mit, dass das noch Jahre dauern könne, da der Sohn auf der Warteliste der Wohnungsgesellschaft noch lange nicht an der Reihe sei, man sei aber verpflichtet, immer allen Interessenten jede frei werdende Wohnung anzubieten. Da war er – der Sachzwang. Verzagt und entmutigt legte Melinda den Hörer aufs Telefon und ging in die Küche, um ihr Abendessen zuzubereiten. Wieso war immer alles so schwierig? Müde ging sie zu Bett. Nachts erschien ihre verstorbene Tante in ihrem Traum. Am nächsten Morgen wurde ihr klar, dass diese Wohnsituation mit ihrer Enge eine Wiederholung war. Melindas Eltern und ihr Bruder mussten unmittelbar nach dem Krieg, als die meisten Häuser ausgebombt waren, bei einer Tante wohnen. Zwei Familien, das waren sieben Personen in einer 3-Raum-Wohnung.

Ein Lächeln lag auf Melindas Gesicht, als sie an ihre Tante dachte. Ihre Tante, die gute Seele, war eine große Verehrerin des Dichters Goethe gewesen. Der alte Geheimrat Goethe, der ungefähr 300 Jahre vor Melinda lebte, in einem Jahrhundert, das der Mystik besonders zugetan war, hatte folgenden Spruch an die Nachwelt überliefert:

Feiger Gedanken
bängliches Wanken,
weibisches Zagen,
ängstliches Klagen
wendet kein Elend,
macht nicht frei.
Allen Gewalten
zum Trutz sich erhalten;
nimmer sich beugen,
kräftig sich zeigen,
rufet die Arme
der Götter herbei.

Melinda wollte sich jedenfalls nicht länger von der Wohnungsgesellschaft foppen lassen und die unerträgliche Situation in ihrer Wohnung, die sie zur Verzweiflung trieb, beenden. Sie folgte Goethes Ratschlag und rief buchstäblich 'die Arme der Götter' herbei, indem sie sich auf ihre Fähigkeiten als Hexe besann und sich in Trance, ein bestimmter Schwingungszustand ihres Körpers, versenkte, um

Wesen, die ihr helfen konnten, auf der Astralebene anzurufen.

Hexen sorgen selbst für die Sicherheit ihrer Seele im Diesseits und Jenseits, indem sie schon zu Lebzeiten durch das Fegefeuer der Emotionen gehen. Auf diese Weise erhalten sie auf der Astralebene nicht nur Zugang zu ihren inneren Dämonen, die fortan der Hexe dienen und ihre Kraft verstärken, sondern auch zu Lichtwesen, die ihr weiterhelfen.

Einst hatte Melinda nach dem Tragen einer Amethyst-Halskette in einer Vollmondnacht gegen 1 Uhr plötzlich schmerzhaftes Herzrasen bekommen, das ca. halbstündig andauerte und nur mit Handauflegen, mehrmaliger Wiederholung des Ra-Ha-Rachte - Mantras und letztlich dem Platzieren eines Swastika-Amuletts unter das Kopfkissen soweit zu beruhigen war, dass sie einschlafen konnte. Daraufhin hatte sie einen luziden Traum von einer dunklen Gestalt, der sie etwas sagte. Sie rannte immer zur Gestalt hin, sagte ihr etwas und rannte wieder weg. Immer hin und her. Sie war gegen morgen um 6 Uhr aufgewacht und hatte immer noch Herzrasen, aber etwas abgemildert. Sie meditierte mit Rosenquarz und Bergkristall. Es ging lange nicht weg. Dann befragte Melinda zwecks Erkenntnis der Traumbotschaft das Göttinnen-Orakel nach der Göttin. Es war PELE und sie zog dazu die Tarotkarte № 5.

PELE's Botschaft war: „Der ganze Schmerz, der da nach oben ins Bewusstsein drängt, kommt von deinem Vater."

Ein Dämon, der das schwarze Loch – die Erinnerungslücke - 'Vater' in Melinda besetzt hielt, verursachte das Herzrasen, tat sich im Traum als dunkle Gestalt kund und konnte nun mithilfe des Göttinnen-Orakels entdeckt werden.

Entsprechend PELE's Rat nahm Melinda einen Epidot in die Hand, träufelte Lavendel aufs Kopfkissen und machte die von PELE empfohlene Umwandlungslichtmeditation. Und dann, zusammen mit ihrem olivgrünen synchronisierten Selbst und einem Vergebungsmantra für die Familiensituation und für sie selbst, ließen endlich die

Schmerzen im Brustraum nach, die Farbe wechselte von olivgrün nach dunkellila in der Erkenntnis: „Ich liebe meinen Vater und er liebt mich." Melinda erhielt das innere Bild wie sie als kleines Mädchen in seine ausgebreiteten Arme auf ihn zu lief.

Mithilfe der Göttin war es Melinda schon oftmals gelungen, innere Dämonen zu besiegen und die Lebenskraft zu erneuern.

Die Götter, die Melinda nun anrief, waren Lichtwesen, die ihr bereits in einer früheren Inkarnation im alten Ägypten geholfen hatten und die ihr daher vertraut waren. Sofort, nachdem sie die Götter angerufen hatte, war die Verzweiflung verschwunden. Melinda fühlte sich besser in der Zuversicht, dass nun alles seinen guten Gang gehen würde. Und es dauerte auch nicht lange, da erhielt der Sohn eine Wohnung mit der Mitteilung angeboten, dass er nun auf der Warteliste zur Vermietung an der Reihe sei.

Doch jetzt ging der Eiertanz erst richtig los. Was Melinda nicht wusste war, dass die Schlampe, die mit ihrem Sohn geschlafen hatte, eine Angestellte dieser Wohnungsgesellschaft war. Sie war zwar nicht die zuständige Sachbearbeiterin, aber immerhin wirkte ihr Einfluss auch bei ihren Kolleginnen.

Wie dem auch sei, da Timo inzwischen arbeitslos und ohne Einkommen war, teilte man ihm mit, dass die Bedingung für die Wohnungsvergabe wäre: eine Mietbürgschaft müsste geleistet werden und das Arbeitsamt müsste zusagen, die Miete zu übernehmen. Melinda unterschrieb die Bürgschaft. Auch das Jobcenter sagte zu, die Miete zu übernehmen. Dann reichte das aber immer noch nicht aus, man verlangte auch die Offenlegung der Vermögensverhältnisse von der Mutter. Melinda legte Einkommensnachweise vor. Dann eröffnete ihr Sohn ihr, dass man ihm gesagt hätte, dass das auch noch nicht ausreiche. Melinda sollte auch die Einkommensverhältnisse für die nächsten zwei Jahre im Voraus angeben und belegen. „Nein, Timo, jetzt reicht es, das ist unmöglich. Niemand weiß was die Zukunft bringt. Ich gehe doch nicht zu meinem Arbeitgeber und verlange von ihm, mir das Einkommen für zwei Jahre im Voraus zu garantieren." - „In Ordnung", sagte Timo, „ich habe heute einen Termin bei der Sachbearbeiterin, dann sage ich ihr, dass das derzeit nicht möglich ist." Bestürzt kam Timo von dem Termin zurück und eröffnete Melinda, die Sachbearbeiterin habe gesagt: „Na schön, dann können Sie die Wohnung eben nicht bekommen." Da war er wieder – der Sachzwang.

Melinda holte tief Luft. Wut stieg in ihr hoch. Am liebsten hätte sie laut los geschrien. Erschrocken sah Timo seine Mutter an. „Mom bitte, bleib ganz ruhig. Alles wird gut. Ich suche mir einfach wieder ein Wohngemeinschaftszimmer." Aber darum ging es nicht. Zornig überlegte Melinda: „Die Angestellte der Wohnungsgesellschaft mobbt meinen Sohn! Sie lässt mich eine Bürgschaftserklärung unterschreiben und verlangt darüber hinaus die Offenlegung vergangener und zukünftiger Einkommen. Das steht in keinem Verhältnis, denn es geht wohlgemerkt um die Anmietung einer 1-Zimmer-Wohnung. Da ich dieses Ansinnen als Unmöglichkeit ablehne, will sie meinem Sohn die Wohnung nicht geben, obwohl ich eine Bürgschaft abgegeben habe und obwohl das Arbeitsamt die Miete übernimmt. Das lasse ich mir nicht gefallen. Ich lasse mich nicht wie ein Kleinkind behandeln. Timo ist unerfahren und naiv, aber ich bin Chefsekretärin und gewohnt, Angelegenheiten zu managen und meinen Willen durchzusetzen. Mit mir kann sie das nicht machen."

Fieberhaft suchte Melinda im Internet nach einem Ausweg. Und da war er auch schon. Sie erfuhr im Internet gleich als allererstes, dass die unterschriebene Bürgschaftserklärung wegen Übersicherung rechtlich ungültig war, und dass daher die Angestellte der Wohnungsgesellschaft auch nicht berechtigt war, in Melindas Vermögensverhältnissen herumzuschnüffeln, und dass es auch kein Ablehnungsgrund bei der Wohnungsvergabe sei, wenn sie diese Schnüffelei zurückwies.

Sofort, als sie das im Internet gelesen hatte, hörte schlagartig das Herzstolpern auf, das Melinda wegen des Mobbings die letzten zwei Tage schon im Griff hatte. Sie dachte bei sich: „Jetzt habe ich sie am Arsch. Mobbing ist strafbar. Sie muss alle gleich behandeln."

Melinda setzte einen geharnischten Brief auf, in dem sie dezidiert darlegte, was sie von dem Vorgang der Wohnungsvergabe dieser Wohnungsgesellschaft hielt und verlangte, ihr schriftlich mitzuteilen, was sie noch tun sollte, damit ihr Sohn die Wohnung bekommen könne, ansonsten ginge sie davon aus, dass die Wohnungsgesellschaft mit ihren unmöglichen Forderungen sie mobben wollte. Eine Kopie des Briefes schickte sie außerdem an die Sozialstelle der Wohnungsgesellschaft.

Ein paar Tage später teilte ihr Sohn ihr mit, dass sie zusammen zur Sachbearbeiterin kommen sollten. Der Termin rückte näher. Melinda fühlte sich unwohl und hatte Herzklopfen, daher wollte sie doch vorsichtshalber und zu ihrer Beruhigung abermals die Unterstützung von Lichtwesen anfordern. Sie begab sich an dem Tag des Termins morgens wieder in Trance und rief die Lichtwesen des Elements Holz herbei. Der Termin war nachmittags. Tags gab es einen Anflug von Gewitter. Es donnerte und der Wind erhob sich. Ein gutes Zeichen. Das Holzelement hatte ihr Beistand signalisiert. Dennoch war Melinda ziemlich unruhig und konnte sich auf der Arbeit kaum konzentrieren. Jedoch, als sie unterwegs zu den Postfächern in der Behörde, in der sie arbeitete, war, begegnete ihr als weiteres Zeichen, dass alles klappt, weil die angerufenen Lichtwesen mithelfen, eine blonde Frau mit einem Anch-Symbol an der Halskette. Jetzt war Melinda vollends beruhigt. Sie ging nachmittags gemeinsam mit Timo zu dem Termin mit der Sachbearbeiterin.

Die Dame war erst etwas pikiert wegen des Briefinhalts. Nach gegenseitigen Entschuldigungen - Melinda entschuldigte sich wegen des Tons in ihrem Brief - teilte die Sachbearbeiterin aber mit, dass sie es sich überlegt habe und dass Timo die Wohnung bekommen könne. Der Mietvertrag wurde jetzt endlich von allen Beteiligten unterschrieben und die ganze verdrießliche Angelegenheit doch noch zu einem guten Ende gebracht. Melinda beschloss daraufhin, aus Dankbarkeit gegenüber ihren Lichtwesen für die Mithilfe auf der Ebene der Wirkung, an das Tierheim in der Stadt eine Spende zu überweisen. Das tat sie dann auch.

Nun zurück zu ihrem Mann. Nachdem ihr Sohn Timo ausgezogen war und Melinda wieder einigermaßen zur Ruhe finden konnte, saß sie eines abends vor dem Fernseher, ihr Mann war nicht zuhause. Sie sah einen Film über Mütter, in dem der Satz fiel: *Blut macht keine Familie, Liebe schon!* „Ja richtig!", dachte Melinda, „Sex wird eben auch eingesetzt, um Menschen zu benutzen." Und sie erinnerte sich an ihren Ex-Ehemann, den sie damals benutzt hatte, um von zuhause wegzukommen. Damit hatte sie den Auftrag ihrer Mutter, fortzugehen, erfüllt, da ihre Mutter Melinda als Konkurrenz um die Zuwendung von Melindas Vater gesehen hatte, weil der nie für die kleine Familie zur Verfügung stand, wegen der Ereignisse in seiner vorherigen Familie und der Kriegserlebnisse, die ihn traumatisiert hatten.

Nachdem Melinda ihren Ex-Ehemann damals zwei Jahre nach der Hochzeit wieder verlassen hatte, hatte sie noch einigen bedeutungslosen Sex, sogenannte One-Night-Stands, um die Liebe auszuprobieren und aus Neugierde und, weil sie dachte, Sex sei wie 'Eis essen', ein Genuss ohne Reue. Sie war jung und kannte sich damals selbst nicht. Sie wusste wirklich nicht, was sie wollte. Als sie dann wieder einmal einen festen Freund hatte, lernte sie, als sie allein zum Tanzen ging, in einer Disco eine nette Clique kennen. Der große dunkelhaarige Micha hatte es ihr besonders angetan. Sie wollte Micha, wusste es aber nicht! Daher versaute sie es, weil sie mit Bodo, Michas Freund, schlief, und all das hinter dem Rücken ihres damaligen festen Freundes, bei dem sie dann doch blieb. Damals geschah es das erste Mal, dass sie Kontakt mit dem Hüter der Schwelle bekam. Sie lag bei ihrem Freund im Bett, es war gegen morgen, da hatte sie einen luziden Traum, ohne dass sie wusste, dass es einer war. Sie sah ganz deutlich im Türrahmen des damaligen Schlafzimmers eine schwarze Gestalt bewegungslos stehen. Das merkwürdige an der Gestalt war, dass sie wie ein Mann mit Hut aussah, aber nur in ihrem Umriss, insgesamt war die Gestalt wie ein schwarzer Schatten. Melinda bekam einen furchtbaren Schrecken. „Werde ich jetzt verrückt?" dachte sie damals nach dem Erwachen. Sie erinnerte sich noch daran, dass sich im Traum vor dem Fenster eine Gardine leicht bewegte, daran hatte sie erkannt, dass es ein Traum gewesen sein musste, denn in dem Schlafzimmer, in dem sie mit ihrem damaligen Freund schlief, waren keine Gardinen am Fenster. Jedoch fasste sie nach diesem Erlebnis den Entschluss, sich von ihrem Freund zu trennen und wieder in ihrer eigenen Wohnung ihr Leben allein weiter zu führen.

Mit all diesen Erinnerungen an ihre Jugendzeit viel es Melinda nachträglich wie Schuppen von den Augen: Es war der Herr der Finsternis, der Herrscher über die Zeit, der da im Türrahmen gestanden hatte, und der sie damals gewarnt hatte, ihre kostbare Lebenszeit nicht weiter mit diesem Freund zu verschwenden. Der Herrscher über die Zeit, die alten Ägypter nannten ihn Osiris, war nach der Trennung von ihrem damaligen Freund nicht wieder bei Melinda erschienen.

Und wie war es heute? Sollte sie sich jetzt auch wieder von ihrem Ehemann trennen? Schon wochenlang quälte sie sich mit dieser Frage und kam zu keinem Ergebnis. Frustriert ging Melinda ins Bett.

In der darauffolgenden Nacht träumte Melinda, dass sie mit anderen draußen in einer Art grauem Nebel am Rand einer technischen Vorrichtung stand und, wenn man sie anfasste oder sich in einer bestimmten Weise bewegte, dann passierte etwas. Melinda lehnte sich etwas vor und fasste mit der Hand um die Vorrichtung herum, da traf es sie wie ein Schlag und wurde stockfinster. Sie wachte auf, sammelte sich und ging auf die Toilette. Sie drückte auf den Lichtschalter. Das Licht in der Toilette war offenbar defekt und ging nicht an. Sie ging auf den Balkon. Die ganze Straße war finster. Erst gegen 4.30 Uhr gab es wieder Strom.

Am nächsten Tag stand in der Zeitung, dass ein Stromkabel von 10000 Volt beschädigt worden war und deshalb in der Nacht zwei Stunden lang der Strom im Stadtteil ausfiel. Stomausfälle würden wegen der Energiewende jetzt häufiger vorkommen, weil die Netze instabil werden würden.

Man muss dazu sagen, in der Welt, in der Melinda lebte, thronte eine riesige Krake oder  Vampir, oder vielleicht sogar mehrere Ungeheuer, so genau wusste das keiner, mit unzähligen Saugarmen über allen Dingen. Die Eliten sorgten dafür, dass die Riesenkrake oder Vampir immer genug Nahrung bekam. Das ging sogar soweit, dass der technische Fortschritt verhindert wurde, wenn er nicht im Interesse der Krake war. So hatte es einen technischen Fortschritt auf dem Gebiet der Energieerzeugung gegeben. Das waren Generatoren, die mit Rapsöl und

Wasser funktionierten, in jedem Haushalt autonom eingesetzt werden konnten und riesige Anlagen zur Stromerzeugung überflüssig machten, dafür aber dem Planeten und den Menschen dienten. Nur die Krake oder Vampir hätte keine Nahrung mehr bekommen.

Von diesen Dingen hatte Melinda natürlich keine Ahnung. Sie fragte sich nur wieso sie in der Unterwelt mit dem Stromnetz verbunden war. Langsam glaubte sie den Zusammenhang zu erahnen. Ihr Unterbewusstsein wollte ihr offenbar folgende Botschaft übermitteln: Strom ist Energie. Liebe auch! Liebe ist Leben. Energie ist Leben. Wenn man aber mittels Sex jemanden benutzt, dann tötet man ihn, sofern der Benutzte nicht merkt, dass er benutzt wird und sich deshalb nicht darauf einstellen kann. Aber war das nicht die Regel, Sex ohne Liebe zu haben und den Partner für die eigenen Bedürfnisse zu benutzen, ihn gewissermaßen auszusaugen?

Melinda dachte an ihre Kindheit mit all der Schlaflosigkeit und den Krankheiten. Sie litt unter Hospitalismus, Keuchhusten, Nierenbeckenentzündung und war ein Opfer von Vampirismus gewesen. Sie musste sich um ihre teils depressive und teils jähzornige Mutter kümmern und nicht etwa umgekehrt. Erst als sie erwachsen war, fand sie die Kraft, sich endlich mit der Hilfe ihrer großen Liebe und jetzigem Ehemann gegen ihre Eltern, die Vampire, zu wehren. Als sie das tat, sind die Eltern gestorben, denn sie hatte das in der Familie geltende innere Abgrenzungsverbot missachtet und ihnen somit einen Pflock ins Herz gerammt.

Wenn jemand in einer Familie sehr krank ist, liegt oft ein Fall von Vampirismus vor. Besonders in Melindas Fall wurde in der Kindheit ein inneres Abgrenzungsverbot durch fehlende Zuwendung, durch Schläge und Androhung von Schlägen in ihrer Psyche verankert. Widerspruch gegen die Eltern wurde nicht geduldet. Sie wäre ohne ihre Oma, die ihr die fehlende Zuwendung gab, vermutlich gestorben. Durch Melindas festen Entschluss, sich gegen ihre Eltern zu wehren, wurde letztlich ein Prozess der Zerstörung in Gang gesetzt, der im Tod der Eltern gipfelte.

Alle, die an Verlassenheit und Vernachlässigung in der Kindheit leiden, werden früher oder später zu Vampiren. Der eine Vampir schafft dann den anderen Vampir. Jeder, der von einem Vampir ausgesaugt wurde, wird selbst zum Vampir.

Vampire sind auf der ewigen Suche nach Liebe. Sie sind jedoch unfähig zur Liebe. Sie saugen die anderen aus und benutzen sie nur, um ihren unstillbaren Durst zu stillen. Vampire können selbst nichts geben, weil sie keine Liebe bekommen haben. Sie leben in der ewigen Angst verlassen zu werden und allein zu sein. Wenn das geschieht, dann sterben sie, denn allein und verlassen sind sie sich nichts wert. Sie brauchen einen Wirt, an dem sie sich laben können, von dessen Blut sie leben können. Da bekommt das alte Volkslied „Wenn alle Brünnlein fließen, dann muss man trinken ..." eine völlig neue Bedeutung.

Vampire jagen nachts in der Unterwelt. Melinda hatte wohl in der Unterwelt das Stromkabel mit einer

Schlagader, an der sie saugen wollte, verwechselt. „Oh, Osiris, ich bin ein Vampir!" dachte Melinda entsetzt. „Ist es schon soweit gekommen?" Doch Osiris war anderer Meinung. Ihr Inneres übermittelte ihr folgende Botschaft: „Du bist kein Vampir, meine Liebe. Wir haben Dich noch rechtzeitig gerettet. Erinnerst Du Dich, damals, im alten Ägypten? Wir haben Dich zur Vampir-Jägerin ausgebildet und Dich in dieser Inkarnation in ein Nest von Vampiren gesetzt, damit Du sie besiegst. Deshalb bist Du an einem Sonntag geboren. Natürlich kannst Du Dich nicht erinnern. Aber so ist es nun einmal. Wir haben Dir die Göttin ISIS in Gestalt Deiner Großmutter zur Unterstützung geschickt, damit Du nicht überfordert wirst und an Deiner Aufgabe wachsen kannst. Der Traum vom Stromkabel hat Dir Deine größte Angst vor Augen geführt, die Du erfolgreich besiegt hast."

Es war Sonntag, Melinda konnte sich ausruhen. Sie fühlte sich voller Energie und war guter Dinge. Sie hatte schon gestern in einem Anfall von Putzsucht und

Ordnungsdrang die ganze Wohnung in eine Oase der Harmonie verwandelt. Wie außen so innen, war ihre Devise. Was aber nicht dazu führte, dass sie ständig putzte. Da sie Vollzeit arbeiten ging, hatte sie dazu gewöhnlich auch gar keine Zeit. Sie war allein. Ihr Ehemann besuchte einen Freund. Wasser lief in die Badewanne. Kerzen brannten und ein Duft von Sandelholz breitete sich in der Wohnung aus. Es war Ende Oktober. Die Dämmerung brach herein und der Wind trieb draußen die letzten bunten Blätter vor sich her. Der Himmel war wolkenverhangen. Jedoch insgesamt war es draußen zu warm für diese Jahreszeit. Kinderlachen drang von der Straße her an Melindas Ohr. Melinda saß in der Wanne und genoss den Duft des ätherischen Badeöls. Ihr wurde leicht und frei zumute. Sie griff nach dem Handtuch und trocknete sich ab. Ihr Ritualgewand lag bereit und Melinda zog es an. Sie wartete auf die Ankunft der Göttin. Sie ging zum Fenster und sah prüfend in den Himmel. Inzwischen war es dunkel geworden. Nichts war zu sehen. Keine Sterne.

Der Himmel war bewölkt und der Wind trieb die Wolken vor sich her wie eine Herde Schafe, die man auf die Weide treibt. Eine Wolke kullerte über die andere. Melinda löschte das Licht im Zimmer und blieb beobachtend am Fenster stehen. Es verging eine geraume Zeit, in der das Treiben am Himmel unverändert weiterging. Doch dann bemerkte Melinda ein helles Licht hinter den Wolken. Es war, als ob jemand mit einer riesigen Taschenlampe die Wolken von hinten beleuchtete. Die Göttin kündigte ihr Kommen an. Wieder kam eine dunkle Wolke dazwischen und das Leuchten war verschwunden. Melinda verzagte. Endlich riss die Wolkendecke kreisrund auf und der Vollmond stand in seiner ganzen Herrlichkeit und Strahlkraft am mitternächtlichen Nachthimmel. Melinda breitete froh die Arme aus, der Mondin entgegen. Sie begrüßte die Göttin und fühlte wie die Kraft der Göttin über ihre Arme durch ihren ganzen Körper rieselte. Melinda zog die Mondin auf sich herab und wünschte sich von der Göttin einen neuen Mann. Nach einer Weile dankte sie der Göttin und beendete das Ritual.

Die Göttin schickte ihr daraufhin nachts Pan in Gestalt eines Farbigen in den Traum. Es war gerade Samhain und die Tore zur Unterwelt standen weit offen. Melinda genoss einen zum Dahinschmelzen herrlichen Sex-Traum.

Am nächsten Tag eröffnete ihr Ehemann ihr unvermittelt, dass er nach Italien reisen wollte, um seine Familie zu besuchen. Toni war Italiener. Seine ganze Familie war in Italien zuhause. An dem Tag, als Toni abreiste, ging es Melinda wirklich furchtbar. Sie fühlte sich wie gerädert und gepfählt. Im Internet stieß sie auf die Internetseite eines Psychologen, der Autonomietraining anbot. Sie las die Seite aufmerksam durch und an den beschriebenen Verhaltensbeispielen erkannte sie, dass sie und ihr Mann unter einem inneren Abgrenzungsverbot litten. In ihrer Ehe folgte auf innige Verschmelzung über kurz oder lang immer wieder in irgendeiner Form die abrupte Trennung, ob als innerer Rückzug oder räumliche Trennung. Viel zu lange hatte Melinda versucht, dieses Verhalten zu ignorieren. Dieses Hin und Her war die Hölle.

Eines Nachts hatte sie geträumt, dass sie Sex mit jemandem hatte. Dann wollte sie Toni loswerden. Dann wollte Toni Melinda loswerden. Danach saßen sie zusammen im Zug. Danach ging Melinda mit einer Frau auf dem Friedhof im Wald pinkeln. Dann viel ihr ein, dass sie tot war bevor sie Toni traf, und dass sie durch ihn wieder gelebt hatte. Daraufhin wachte sie auf. Bemerkenswert an diesem Traum war, dass die Erkenntnis im Traum selbst als innere Gewissheit gleich mitgeliefert wurde.

Wenn sie mit ihrer Freundin, die eine Anhängerin Buddhas war, über ihre Eheprobleme sprach, gab diese, um sie zu trösten, eine Geschichte aus der tibetischen Überlieferung zum Besten. Die Geschichte handelte von einem Yogi, der in Indien gegen alle guten Sitten eine Frau aus der untersten Kaste geehelicht hatte und sie in die tantrischen Praktiken der sexuellen Vereinigung einweihte. Diese 'unberührbare' Dienstmagd war ihm ergeben, denn sie hatte durch ihn einen Ausweg aus dem unentrinnbaren Gefängnis ihrer niederen Geburt gefunden, und sie lebten zusammen in der Abgeschiedenheit des indischen Dschungels. Sie praktizierten das Yoga der ekstatischen Verschmelzung und respektierten sich gegenseitig. Bis eines Tages der Yogi von der Frau ein Radieschen-Curry zum Essen verlangte. Die Frau musste ins Dorf gehen, um alle Zutaten zu besorgen und das dauerte einige Zeit. Als sie zurück kam, war der Yogi in tiefe Meditation versunken und reagierte nicht mehr auf die Außenwelt. Zwölf Jahre saß er so in tiefster Meditation unbeweglich. Danach schlug er plötzlich die Augen auf und verlangte das Radieschen-Curry.

Daraufhin wurde seine Seelengefährtin zornig und sagte ihm laut ihre Meinung. Sie war inzwischen eine fortgeschrittene Yogini geworden und warf ihm vor, zwölf Jahre damit vertrödelt zu haben, ein paar illusionäre Radieschen im Kopf zu behalten, die längst den Weg alles Vergänglichen gegangen waren. Schlagartig erwachte der Yogi vollends und beide erlangten in den kommenden Jahren die vollständige Erleuchtung. Sie transformierten ihren Körper sogar soweit, dass sie, als es Zeit war, das Zeitliche zu segnen, als reines Licht davon schwebten, ohne eine materielle Hülle zu hinterlassen.

Es gab also noch Hoffnung. Möglicherweise konnte Melinda nur gemeinsam mit ihrem Mann aus dem Dilemma entkommen. Vorerst war sie jedoch voller Wut darüber, dass er einfach wegfuhr, ohne zu fragen und sie vor vollendete Tatsachen stellte. Überhaupt schien die Schwester ihres Mannes in Melindas Ehe das Kommando übernommen zu haben. Wenn sie anrief und sich wieder einmal selbst einlud, wobei sie auch jedesmal bei Melinda wohnen wollte, dann war Toni immer auf ihrer Seite, auch wenn Melinda der Besuch gerade nicht passte. Und so war es auch diesmal. Die Schwester hatte angerufen und ihren Bruder nach Italien beordert. Melinda wurde gar nicht gefragt. Zornig überlegte Melinda: „Ich dachte, dass ich sie jetzt, nachdem sie geheiratet hat, endlich mit ihrer Einmischerei in meine Angelegenheiten los wäre. Offenbar weit gefehlt. Sie verfügt einfach weiter über uns. Sie will bestimmen, ob und wann mein Mann und mein Sohn sie besuchen kommen, wann sie uns besuchen kommt, ohne mich überhaupt zu fragen, ob ich das will. Ohne sich dafür zu interessieren, was ich für Interessen haben und wie es mir geht. Warum ist die so ignorant? Sie sollte sich bei mir einmal für die Unterstützung bedanken, die sie durch mich erfahren hat, denn ich musste ja zu ihren Gunsten auf vieles verzichten, als sie nach der Scheidung von ihrem Ex-Ehemann allein und arbeitslos war, und Toni ihr oft Geld überwiesen und Mut gemacht hat.

Davon kann aber keine Rede sein, das war offenbar alles selbstverständlich.

Dem ist aber nicht so.

Ich wünschte, sie bekäme ein Kind und hätte dann genug mit sich selbst zu tun und würde mir nicht ständig die Tour vermasseln. Und wenn sie keine Kinder mehr bekommen kann, dann eben eine Krankheit, die sie zwingt, sich mit sich selbst zu beschäftigen.

So sei es!

Und sage mir keiner, ich sei Schuld, wenn meinen unsensiblen Mitmenschen ein Unglück zustößt. Wieso müssen die meine Kreise stören oder wie ein Elefant im Porzellanladen in meine Liebesbeziehung trampeln? Selber Schuld! Vielleicht kann Tonis Schwester mal die Perspektive wechseln und mitdenken lernen. Falls nicht, sehe ich schwarz für sie, denn ich sitze am längeren Hebel."

Daraufhin schrieb Melinda den Namen von Toni's Schwester auf einen Zettel, faltete ihn zu einem winzigen Viereck und legte ihn unter einen Halit. Verwünschungen werden von Hexen als Bestrafung eingesetzt. Anders als schwarzmagische Manipulationen verschwinden Hexenflüche, ohne weiteren Schaden anzurichten, wenn man seine Schuld aussühnt. Abends setzte sich Melinda frustriert vor den Fernseher und vergaß allmählich ihren Ärger. Es lief ein Kung Fu Film. Der Held des Films lernte Kung Fu in einer Paralleldimension während er in Wirklichkeit schlief oder ohnmächtig war. Die Aussage des Films war: Du schaffst dir in der Unterwelt die Oberwelt.

Während Melinda über die Botschaft des Films nachdachte, fielen ihr einige merkwürdige Begebenheiten von Traum und Wirklichkeit der letzten Zeit wieder ein. Sie hatte vor Monaten im Traum einen Namen gehört. Letzte Woche hatte eine Person dieses Namens ihr auf facebook eine Kontaktanfrage geschrieben. Ein anderes mal träumte sie gegen morgen, dass sie schwarze Schatten, einen Mann und eine Frau, zu beerdigen versuchte, aber gar nicht für die Beerdigung zuständig war. Dann lief die Frau beim Traumspaziergang in den Alleen neben ihr her. Außerdem flog bei diesem Spaziergang über ihr auch ein schwarzer Spatzen-Schwarm von Seelen, den sie ebenfalls beerdigen sollte. Nach dem Aufwachen und beim erneuten Einschlafen hörte sie im Halbschlaf jemanden ihren Namen rufen.

An demselben Tage, als sie mit ihrem Mann nachmittags tatsächlich in den Alleen spazieren gegangen war, saß wirklich ein zwitschernder Spatzen-Schwarm in der Baumkrone über ihnen. Abends kam in den Nachrichten die Meldung, dass auf den Philippinen zigtausende in einem Tropensturm umgekommen waren.

Vor Wochen träumte sie von einem Tai Chi Lehrer, der sie während eines Traum-Trainings mit den Fingern am Hals berührte und Melinda stellte im Traum fest: „Ich bin tot!" Und der Tai Chi Lehrer sagte: „Ja, das bist Du." - Kurz danach gab sie tagsüber beim richtigen Tai Chi Training mit der DVD in ihrem Zimmer bei der 'einfachen Peitsche' in ihrer Vorstellung diese Berührung zurück. Daraufhin sah sie rechts aus den Augenwinkeln einen schwarzen Schatten in der Zimmerecke verschwinden.

Es gab für Melinda nur eine Erklärung: „Der Herrscher über die Zeit hat sich wieder bei mir zurück gemeldet. Warum? Um mich an meine Macht zu erinnern und vor unüberlegten Entscheidungen zu warnen?"

Die Tatsache stand fest, Toni und Melinda hatten offenbar beide ein inneres Abgrenzungsverbot erworben. Aufgrund kindlicher Erlebnisse konnten sie sich nicht von Zumutungen der Außenwelt distanzieren. Ebenso wenig konnten sie sich voneinander distanzieren. Auf diese Weise wurde Toni von seiner Familie, und die war riesengroß, energetisch ausgesaugt. Das erkannte man schon daran, dass er den Ansprüchen seiner Geschwister hilflos ausgeliefert war. Und jetzt, da er selbst zum Vampir geworden war, saugte er auch Melinda energetisch aus.

Für Melinda äußerte sich das in Albträumen. Jedoch hatte sie mit der Zeit im Laufe ihrer Ehe gelernt mit diesen Albträumen, die auch immer mit körperlichen Symptomen einhergingen, umzugehen, indem sie sich selbst die Hand auf das körperliche Symptom auflegte und sich auf ihre Hände konzentrierte.

Während Toni in Italien weilte, wachte Melinda eines Nachts um drei Uhr auf und ihre Nase war zugeschwollen. Sie bekam keine Luft mehr und gleichzeitig spukten ständig ihre Schwägerin und ihr Schwager in ihren Gedanken herum. Sofort begab sich Melinda in Trance und suchte ihren glückbringenden Ort in der Unterwelt auf. Hier traf sie sich mit ihren, aus einer früheren Inkarnation ihr dienenden, alt-ägyptischen Soldaten und ließ sie auf die in ihrer Vorstellung in Seifenblasen eingeschlossene angeheiratete Sippschaft schießen. Sie stand hinter der Linie ihrer Soldaten und während diese unablässig Pfeile auf die in Seifenblasen schwebende Sippschaft abschossen, um sie zerplatzen zu lassen, sagte Melinda mit dem Gedanken an die angeheiratete Verwandtschaft: „Vertreibt dieses Böse und macht mich frei." Sofort wurde ihr körperlicher Zustand besser. Die Nase wurde frei und sie konnte wieder einschlafen.

Daraufhin träumte sie, wie sie ihren Toni in einem verwahrlosten Zimmer antraf, in dem er hauste. Melinda teilte ihm bei diesem Treffen in der Unterwelt mit, dass sie beide dringend zum Psychiater müssten, weil sie ein inneres Abgrenzungsverbot erworben hätten. Erstaunt wachte Melinda auf.

War es möglich, dass ihre Seele in der Unterwelt eigenständig handelte und mit der Seele ihres Mannes kommunizieren konnte, während sie im alltäglichen Umgang mit ihm dazu nicht in der Lage war?

Melinda arbeitete in der Behörde bei einem Professor für Physik. Der hatte ihr einmal in  leutseliger Stimmung erklärt, was es mit der Quantenphysik auf sich hatte. Demnach bestünde alles Existierende aus Teilchen, die aber gleichzeitig Wellen, also Schwingungen, wären. Diese könnten auch an unterschiedlichen Orten gleichzeitig sein. Ebenso ginge man von vielen Parallelwelten aus. Immer wieder würde ein Urknall ein neues Universum gebären. Zur Verdeutlichung an einem

Beispiel hatte er gemeint, wenn jemand in einem Universum stürbe, könne er aufgrund seiner Entscheidung in einem anderen weiterleben. In einem Universum würden beispielsweise die Twin-Towers von Terroristen gesprengt. Im anderen Universum wären diese Terroristen, aufgrund einer anderen Entscheidung, einfach nur Touristen in New York.

Melinda war diese Auffassung suspekt. Sie dachte bei sich: „Kann die Quantenphysik nicht auch prima als Ausrede gelten, um das Töten zu legitimieren? Die Leute haben ja viele Leben in unterschiedlichen Parallelwelten. Was macht es da schon, wenn sie in einem Universum sterben?" Aber vielleicht hatte sie diese wissenschaftliche Theorie auch einfach nur falsch verstanden. Sie hielt sich jedoch lieber an ihre eigene Lebenserfahrung, die ihr einen Weg gezeigt hatte, wie sie mit ihrem Toni kommunizieren konnte, nämlich unabsichtlich nachts im Traum. Sie überließ ihrer Seele fortan alle sie selbst im Wachbewusstsein überfordernden

Entscheidungen. Und sie erkannte: Ihre Seele hielt ganz offensichtlich zu Tonis Seele.

Im Wachbewusstsein war Melinda immer noch auf Toni wütend, weil sie sich von ihm nicht genügend respektiert fühlte. Sie würde ihm das nicht weiter durchgehen lassen. Diese Absicht führte dazu, dass sie nachts um zwei Uhr aufwachte. Das rechte Nasenloch war zugeschwollen. Gleichzeitig spürte sie ein Ziehen in der linken Körperseite. Mit Handauflegen brachte sie Licht in das Wurzel- und Herzchakra. Anschließend ließ sie das Licht in Höhe des Kehlkopfchakras routieren. Sie rief die Göttin an, wobei sie gleichzeitig ins Herzchakra einatmete und ins Sakralchakra ausatmete. Zuletzt nahm sie in die linke Hand einen Bergkristall und in die rechte Hand einen Turmalin. Dann löste sich endlich die Nase und Melinda konnte einschlafen. Sie träumte von jemandem, der für sie da war.

Dieser Wunschtraum stellte für Melinda das Paradies in der Unterwelt wieder her. Tags zündete sie daraufhin eine Kerze an, begab sich in Trance und machte ein Vergebungsritual. Die folgende Nacht träumte sie von Toni, dem sie im Traum eindringlich sagte: „Ich verzeihe Dir und Du musst mir verzeihen."

Eine Woche später kam Toni aus Italien zurück. Als Melinda nach der Arbeit aus dem Büro kam, traf sie ihn zuhause an. Sie freute sich, ihn zu sehen. Sie umarmten sich. Melindas Wut war vollkommen verschwunden. Toni war auch nicht mehr so abweisend. Er hatte ihr zur Überraschung aus Italien ein wunderschönes Schmuckstück mitgebracht. Es war eine goldene Uhr.

## Nachtleben

Lange Zeit bevor Melinda sich mit Toni wieder versöhnte, etwa zu der Zeit als Timo noch bei ihnen wohnte und sie mit den Sekretärinnen auf der Treppe der Behörde einen Plausch hielt, hatte sie einmal ihre buddhistische Freundin zu Besuch. Beide liebten es, über Gott und die Welt zu philosophieren. Beide interessierten sich dafür wie man mittels Bewusstsein die Realität beeinflussen kann. Diesmal wollte Melinda ihrer Freundin beweisen, dass man die Botschaften der Göttin, die man im Traum empfängt, zur Bewusstseins-erweiterung benutzen kann. Diese aus dem alten Ägypten stammende Fähigkeit, die Traumwelt im Hinblick auf nützliche Botschaften der Göttin für den Alltag durchzusehen, hatte Melinda aus einem früheren Leben in ihr derzeitiges übernommen, indem sie sich nach und nach daran erinnerte.

Melinda erzählte ihrer Freundin, während sie den Kaffee einschenkte: „In dem Buch 'Das Feuer von innen' deutet der Autor an, dass man für ein erweitertes Bewusstsein 'den Montagepunkt' verschieben muss. Meiner Meinung nach geht es aber hierbei nicht nur darum, die Aufmerksamkeit zu verändern, sondern es geht auch darum, Emotionen aktiv zu verändern. Immer wenn man ungerecht behandelt wurde und in ein Ungleichgewicht geraten ist, muss man die daraus resultierenden negativen Emotionen in Entspannung umwandeln, um das Bewusstsein zu verändern.

Außerdem heisst es in dem Buch, wenn man es schafft, seine Emotionen denen der Umgebung anzupassen, würden die eigenen Absichten zu Absichten 'des Adlers' werden."

Ihre Freundin lächelte und meinte: „Ich habe das Buch auch gelesen. Der Autor drückt sich ziemlich unklar aus. Immerhin lehrt die Erfahrung: 'Achtsam sein' und in jedem Augenblick im Hier und Jetzt 'präsent sein' wird meist durch Dämonen verhindert. Im Buddhismus kennt man die drei von Erinnerungsdämonen bevorzugten Gifte: Illusion, Ärger und Abhängigkeit. Diese drei Gifte behindern unser Glück im Leben und müssen auf geistiger Ebene besiegt werden. *Wut* zerstört beispielsweise unsere Beziehungen zu anderen Menschen und lässt uns einsam werden. *Abhängigkeit* blockiert beispielsweise unsere Lebensenergie und macht uns krank. *Illusion* macht uns zum Beispiel blind für die guten Dinge in unserem Leben, macht uns undankbar unserem Schicksal gegenüber und zerstört uns somit selbst, da unser Charakter unser Schicksal ist."

„Da stimme ich Dir zu. Ich würde Dir gern erzählen wie ich es geschafft habe, die aus den drei Giften resultierenden negativen Emotionen unschädlich zu machen. Du wirst Dich sicher fragen wie das geht?" Melinda machte eine bedeutungsvolle Pause und fuhr dann fort: „Indem man den inneren Menschen zum Vorschein bringt!

Wie ich festgestellt habe, ist der innere Mensch entscheidend für die Bewussseinserweiterung. Den inneren Menschen erkennst Du im Traum. Ich habe es durch die Botschaften der Göttin im Traum einfacher, aus der inneren Mitte heraus entspannt im Hier und Jetzt präsent zu sein."

Die Freundin sah Melinda an, nahm ein Stück Kuchen und sagte: „Na dann schieß mal los. Ich höre zu und bin gespannt wie Bewusstseinerweiterung bei Dir vor sich geht."


„Nehmen wir das Beispiel 'Abhängigkeit'. Du weißt, meine Arbeitssituation war lange genug mehr als unerfreulich. Aber wer kennt das nicht? In untergeordneter Position dient man auch schon mal als Fußabtreter für die schlechte Laune des Chefs.

Eines Tages hatte ich geradezu eine Begegnung 'der dritten Art'. Morgens gegen 5 Uhr wache ich mit Beklemmungen und Herzklopfen vom lauten Straßenlärm auf. Im Traum zuvor habe ich ein schwarzes

Loch, welches auf meiner Arbeitsstelle war, gesehen und dazu einen schwarzen Turm. Zusammen sah das aus wie die schwarze Silhouette eines Atomkraftwerks.

Dann, nach dem Aufwachen, schaue ich zufällig aus dem Fenster und ein Lastwagen fährt vorbei, mit der Aufschrift: Wie schnell kann Ihr Herz rasen? Das war eine deutliche Warnung, mich sofort um mich selbst zu kümmern. Ich suche im Göttinnen-Orakel nach Abhilfe aus meiner unangenehmen körperlichen Leidenssituation. Das Orakel verweist mich auf die Göttin ISIS. Das heisst in meinem Fall, man will mich anders haben, als ich bin. Abhilfe würde mir in diesem Fall das ätherische Öl Bergamotte und der Heilstein Diamant sowie das Mantra: 'Das Übel weicht vor dem zurück, der die Sonne im Herzen hat', verschaffen.

Ich habe das ätherische Öl auf meinen Kragen geträufelt, einen Diamantring getragen und das Mantra den ganzen Weg zur Arbeit vor mich her innerlich aufgesagt und – oh Wunder, die unangenehme körperliche Beklemmung in der Herzgegend ist tatsächlich im Laufe des

Vormittags verschwunden und meine Energie ist zurückgekehrt, ich bin entspannt. Der Chef mit seiner schlechten Laune ist mir fortan vollkommen gleichgültig gewesen.

Oder nehmen wir das Thema 'Illusion'. Mir ist dazu beispielsweise Folgendes passiert.

Ich wachte einmal bereits mit Depressionen morgens um 6 Uhr auf. Ich erinnerte mich davon geträumt zu haben, dass man mich wegen geringfügiger Vergehen jetzt in meinem hohen Alter noch ins Gefängnis stecken wollte. Beim Aufwachen ist mir zum Heulen zumute. Ich frage das Göttinnen-Orakel um Rat. Es antwortet die Göttin APHRODITE und ich ziehe die Tarotkarten 10 und 15.

Die Botschaft bekräftigt die Tatsache des Leidens im Auf und Ab der Ereignisse mit dem Rat: Ich solle zwecks Erleichterung mein Schicksal akzeptieren. Die Tarotkarten 10 und 15 weisen außerdem auf Feng Shui

Defizite im Nordwesten (Freunde) und Südosten (Reichtum) hin. Ohne Einfluss und Macht bleibt mir nur die Möglichkeit, Maßnahmen zur Umwandlung der daraus resultierenden miesen Stimmung zu ergreifen. APHRODITE rät mir die Heilfarbe dunkelblau, die Heilsteine Bergkristall, Sodalit, Saphir, Lapislazuli und die ätherischen Öle Rosmarien, Immortellen, Thymian zu wählen. Ich entscheide mich für Bergkristall und Rosmarienöl. Darüber hinaus frage ich den Tarot, welche Lichtwesen mir helfen können, den richtigen Umgang mit dem von mir bedauerten Schicksal, vollkommen bedeutungslos zu sein, zu lernen. Es sind die Lichtwesen der Himmelsrichtung Nordwest und Ost. Da es Sonntag ist, rufe ich, nachdem ich mir einen Anhänger aus Bergkristall an eine Halskette gemacht und einen Tropfen Rosmarinöl auf mein Kopfkissen geträufelt habe, die Lichtwesen der Elemente Metall und Holz an und schlafe wieder ein. Kurz vor dem Einschlafen kommt mir der Satz: 'Reich sein heisst bei Gott sein und zu Gott führt einzig die wahre Liebe' in den Sinn. Dann versinke ich mit dem Gedanken an meine Großmutter ins Traumland. Gegen 11 Uhr wache ich wieder auf.

Tags veränderte sich die schlechte Stimmung, als ich in einem dunkelblauen Kleid im angrenzenden Stadtteil spazieren ging und ich dabei meine eigene Wohngegend und Wohnung zu schätzen lernte, und als mich eine Selbstgespräche führende arabisch aussehende Mitbürgerin, die mich an meine vor 15 Jahren verstorbene Mutter erinnerte, davor bewahrte, bei Rot über die Straße zu gehen.

Die Lektion war, ich werde äußerlich beschützt und innerlich geführt. Wenn das kein gutes Schicksal ist – dann weiß ich kein besseres.


Und noch ein zweites Beispiel zum Thema 'Illusion'.


Es ist Neumond. Ich träume gegen morgen im Hellen von einer blonden Frau, die inmitten einer Menge von dunkelhaarigen Frauen steht, die nach jemanden mit Steinen werfen. Die blonde Frau ist im Begriff wegzugehen. Ich sage zu der blonden Frau, dass ich sie sehr bewundere, und will, dass sie bleibt. Eine andere Frau, die ihre Choreographien aufschreiben lassen will, sagt zu mir, ich hätte zu viele Fragen. Mit dem dringenden Bedürfnis, mir zum Zwecke der Spekulation ein Grundstück zu kaufen und der Annahme, die blonde Frau aus dem Traum sei meine Tante, die ebenfalls blond ist, und die mir damals half, das Grundstück meiner Oma zu verkaufen, bin ich aus dem Traum erwacht.

Um den Traum zu deuten, frage ich das Göttinnen-Orakel welche Göttin mir weiterhelfen kann. Es ist APHRODITE. Das Tarot-Orakel gibt mir die Karten 10 und 5.

Ich deute daraufhin den Traum als Vergangenheitsbewältigung meines Schicksals: Die 'Göttin', sie erscheint mir immer im Traum in Gestalt einer blonde Frau, hatte mich in der Vergangenheit vor den Anfeindungen meiner angeheirateten Verwandten (dunkelhaarige Frauen, die mit Steinen werfen) beschützt.

Meine Tante hatte mir in der Vergangenheit durch den Verkauf des Grundstücks meiner Oma zu Geld verholfen.

Und genau das ist es was mich derzeit beherrscht und die Beklemmung verursacht – Geldgier!

Ich selbst (die Frau, die ihre Choreographien aufschreiben lassen will) sage jedoch im Traum zu mir, ich hätte 'zu viele Fragen'.

Das Ganze ist nun leicht zu deuten: wegen Geldmangel mache ich mir derzeit zu viele Sorgen und habe Ängste vor der Zukunft. Der Traum ist aber eine Warnung meines Höheren Selbst davor, durch zu viele Sorgen und Ängste die Gunst der Göttin, die mir immer geholfen hat, und die sich im Traum zum Gehen umwendet, zu verspielen.

Als ich das erkenne, dass mein derzeitiges Mangelbewusstsein eine Illusion ist, ist prompt diese Beklemmung, das unangenehme Gefühl der Gier nach Geld, verschwunden und eine angenehm vertrauensvolle

Stimmung lässt mich mit neuem Schwung mein Tagwerk angehen.

Hier nun ein Beispiel zum Thema 'Wut'.

Es ist zwei Tage nach Vollmond. Mein Ehemann kommt nachts nicht nach Hause. Ich wache um 4.30 Uhr auf, kann nicht mehr einschlafen und mache mir Sorgen. Dann versenke ich mich in Trance und transformiere mithilfe der Alphafrequenzen die Unruhe, die Angst vor Alleinsein und die Schmerzen im rechten Arm, die mich immer mal wieder seit mindestens einem halben Jahr schon plagen. Ich versuche einzuschlafen. Plötzlich habe ich das dringende Bedürfnis eine Spitzhacke zu nehmen und um mich zu schlagen, so wütend bin ich. Zuvor hatte ich in mir an der Schwelle zum Einschlafen den Satz: „ich hasse sie" gehört. Davon bin ich wieder wach geworden.

In meiner Vorstellung schlage ich jetzt rasend mit der Spitzhacke um mich und genieße das, während ich still im Bett liege. Mein Vater kommt mir in den Sinn und ich weiß, dass es seine Wut ist, die ich hier im Innern ausagiere. Er war so wütend über die fehlende Geborgenheit in der Welt, da sein Vater, die Person, die in der Rolle des Beschützers der Familie Geborgenheit gibt, im ersten großen Krieg gefallen ist, als mein Vater ein Baby war. - Mein armer Vater. Er tut mir so leid. - Ich habe seine Wut in mir als Schmerz in meiner rechten Körperseite gespürt und als meine eigene verdrängte Wut übernommen, um ihm tragen zu helfen. Er selbst, ebenfalls Soldat im zweiten großen Krieg, stand mir aufgrund seiner zunehmend schlechter werdenden Gesundheit und Laune nicht besonders als Vater zur Verfügung. Auch daher mag ein Teil der Wut in mir auf die fehlende Geborgenheit in der Welt gekommen sein. Der Satz: „ich hasse sie", der mir aus der Tiefe meines synchronisierten Selbst als Botschaft übermittelt wurde, bezog sich demnach auf die Welt. Mit der Erkenntnis all dessen entspanne ich mich und schlafe ein.

Anschließend träume ich von dem Schreibservice, den ich einmal hatte und davon, dass mein Drucker nicht funktioniert. Ich gerate in Panik, denn die Kunden müssen gleich kommen. Zuvor waren die Wanduhren gegen Kuckucksuhren ausgetauscht worden. Die Kunden kommen und nehmen die Arbeit auf CD mit. Mein Vater, ein großer bleicher Mann, in einem dunklen Outfit, der wenig Ähnlichkeit mit meinem richtigen Vater hat, kommt und sieht nach was los ist. - Davon wache ich auf. Ich bin wie im Fieber aber entspannt. Es war der Großvater, der mich im Traum besucht hatte.

Auf die Frage an das Tarot-Orakel, ob ich jetzt mein beschädigtes Urvertrauen geheilt habe, erhalte ich die Karten: 5 und 15. Das bedeutet, das höhere und das niedere Selbst sind vereint. Das ist ein 'Ja.' Die Botschaft der Göttin, es ist ISIS, lautet: Du bist die Schöpferin deines eigenen Lebens!

Ich nehme mir fest vor, mir künftig meine eigene Welt zu erschaffen, indem ich alle Wut und Ärger in mir bewusst loslasse. Der abnehmende Mond unterstützt mich dabei. Die Schmerzen im rechten Arm sind noch an demselben

Tag verschwunden und bis heute nicht zurück gekehrt.“

„Das ist beeindruckend. Du hast nicht den Kopf verloren, wenn es Dir schlecht ging, sondern das Göttinnen-Orakel befragt und die Botschaft der Göttin für Deine Träume gedeutet und zusätzlich den Tarot gelegt, um Dir Klarheit über Dich und Deine Emotionen zu verschaffen. Auf diese Weise hast Du Deine Beklemmungen in den Griff bekommen und über Dich selbst eine Menge gelernt. Wie gehst Du aber vor, wenn kein Unwohlsein vorliegt sondern lediglich eine unbefriedigende Lage Deiner Existenz Dich stört. Wenn zum Beispiel nichts so läuft, wie Du es gern möchtest und nichts voran geht oder Du einfach mit Dir selbst nicht weiter kommst? Wie kannst Du Probleme, die aus Deinem Karma kommen, in Angriff nehmen?“ - „Das kann man erreichen, indem man, wie bereits gesagt, die eigenen Absichten zu Absichten 'des Adlers' werden lässt. Dazu muss man seine Gefühle selbst aktiv denen der Umgebung anpassen.“

„Das verstehe ich nicht. Wie meinst Du das?", fragte die Freundin.

Melinda überlegte eine Weile, dann fuhr sie fort: „'Die Absichten des Adlers' - das ist eine Metapher für die göttliche Ordnung auf Erden.

Wenn man die eigenen Absichten zu 'Absichten des Adlers' werden lassen will, dann beinhaltet das die Notwendigkeit, die göttliche Ordnung auf Erden im eigenen Sinne zu nutzen oder anders ausgedrückt, die Göttin MA'AT auf seine Seite zu ziehen. Das tut man, wenn man Wille und Vorstellung verknüpft, indem man Gedanken und Absicht in Übereinstimmung bringt. Es geht um das bewusste Wollen, um die Konzentration auf den wahren Willen, zum Beispiel durch die Kreation des Zauberspruchs oder in der Meditation.

Ob es richtig gemacht wurde, erkennt man daran, ob die eigenen Gefühle mit denen, die der Qualität des erfüllten Wunsches entsprechen, übereinstimmen. Nur dann ändert sich auch die Realität im eigenen Sinne und wir erhalten die Gunst der MA'AT, also Hilfe von oben. Kurz gesagt, es geht auch hierbei wieder darum, Emotionen zu verwandeln – zum Beispiel durch luzides Träumen, zum Beispiel mittels Botschaften der Göttin, zum Beispiel mittels der Maßnahmen des Feng Shui, zum Beispiel durch Finden der eigenen Mitte und dergleichen mehr. Aber diesmal ist die Reihenfolge eine andere. Wir reagieren nicht auf einen Trauminhalt nach dem Erwachen sondern beabsichtigen von Anfang an ein bestimmtes Ergebnis im Traum.

In einem solchen luziden Traum müssen wir zwecks Wunscherfüllung auf Manifestationen des Wunsches im Traum achten, denn im Traum kündigt sich die reale Möglichkeit an. Dann muss man sich im Wachen von der realen Möglichkeit ziehen lassen und handeln. Dies setzt im Alltag die Einstellung der Achtsamkeit und der Wachsamkeit sowie einen befreiten Geist – die Fähigkeit zum intuitiven Handeln losgelöst von inneren Zwängen - voraus.

In allen diesen Fällen handelt es sich um aktive Lenkung der Lebenskraft. Aber die Grundvoraussetzung hierfür ist ein befreiter Geist! Das Gefühl, das einem befreiten Geist entspricht, ähnelt dem Gefühl des von innen heraus Strahlens. In jedem Fall ist es ein Gefühl, als ob man über den Dingen steht. Ein reines Energiegefühl. Der innere Mensch eines jeden von uns kommuniziert mit dem Göttlichen in uns und ist auf diese Weise im Traum für die Botschaften der Göttin offen. Das hilft uns dabei, die eigenen Absichten mit den 'Absichten des Adlers' zu synchronisieren. Ich jedenfalls habe die Große Göttin, die Herrscherin über die Dämonen, die Schatten und die Nacht auf meiner Seite. Sie führt mich durch die Zwischenwelt und die Finsternis. Sie hilft mir, mein Herz zu reinigen, meine Seele zu stärken und meinen Geist zu befreien."

Die Freundin ergänzte: „Glaube ist nur gut, wenn er funktioniert, wenn er zum inneren Frieden und zur Verbesserung der Lebensverhältnisse führt."

Melinda fuhr fort: „Jeder Mensch hat feinstoffliche Drähte, die ihn mit allem um ihn herum verbinden, sogar mit Vergangenheit und Zukunft. Diese können über die feinstofflichen Wahrnehmungszentren des Körpers, die sogenannten Chakren, erfahrbar und handhabbar gemacht werden. Oftmals sind diese Wahrnehmungskanäle verstopft oder blockiert oder auch vollkommen unterentwickelt. Wir müssen dafür sorgen, dass diese Kanäle gereinigt, gestärkt und aktiviert werden. Das tun wir, indem wir durch Körperübungen und Meditation unseren Geist darauf ausrichten.

Ich will Dir nun erzählen was die Reinigung der Wahrnehmungskanäle der unteren drei Chakren bei mir bewirkt hat.

Zuerst träumte ich, nachdem ich die drei Manifestationschakren nach einer taoistischen Anleitung zur Verbesserung des inneren Feng Shui aktiviert hatte: Vom Leben in einer total vermüllten Wohnung mit einer Horde Kinder. Ich rufe die Polizei, weil es nicht zum Aushalten ist. Alf (ein Alien) taucht auf und ich halte meine Katze fest. Die Polizei kommt. Es sind 'Schwule', die meine 1-Raum-Wohnung in Ordnung bringen und nach Feng Shui Kriterien einrichten. Ich sehe einen schönen rotbraun gefliesten Fußboden und wache auf.

Was hier im Traum zum Vorschein kam, das war die Erinnerung an meine unglaubliche Armut vor 10 Jahren und meine Absicht der Flucht davor, indem ich meinen Ehemann und Sohn damals verlassen wollte. In dem 'schönen rotbraun gefliesten Fußboden' erkenne ich die Manifestation meines zuvor in der Meditation aktivierten Wurzelchakras.

Der Schatten in meinem *Wurzelchakra* wurde im Traum aufgrund der Aktivierung in mein Bewusstsein gebracht und umgewandelt.

Einen Tag später hatte ich einen herrlichen von Liebe erfüllten Sextraum mit einem Traummann. Das war eine Botschaft der Göttin ISIS – die Göttin der Barmherzigkeit – sie erfüllte mir einen Herzenswunsch. Außerdem zog ich die Tarotkarten 14 und 11. Das bedeutete: 'Neuordnung im Ewigen' und 'Schicksal als

Fügung'.

Demnach kündigte sich eine Wende in meinem Schicksal an. Die Göttin erfüllte mir im Traum meinen Wunsch nach Zuwendung und das Orakel erklärte mir die Zukunft als Wende des Schicksals zum Guten.

Hierin äußerte sich das geheilte und aktivierte *Sakralchakra*.


Zwei weitere Tage später habe ich einen Albtraum von meinem Ehemann als schwarze Gestalt, der mein Fahrrad haben will und dem ich klar zu machen versuche, dass wir das gleiche Schicksal haben. Schweißgebadet wache ich auf.

Da war er - der Schatten in meinem Solarplexuschakra!

Nach diesem Traum war ich tagsüber unglaublich frustriert und hatte Verlustängste und grübelte über meine ärmlichen Verhältnisse. Mir fiel wieder das russische Sprichwort ein: 'Reich sein heisst bei Gott sein' und ich wusste, zu Gott führt einzig die wahre Liebe. Der Gedanke von Geld als Spiegel der Seele legt die

Schlussfolgerung nahe, dass mangelnde Seelenstärke, also mangelndes Selbstvertrauen, dazu führt, dass man sich dem Lebenskampf nicht gewachsen fühlt, woraus Armut resultiert. Umgekehrt bedeutet das aber auch: Je stärker die Seele, je stärker das Selbstvertrauen, oder anders ausgedrückt: je reiner das Herz, desto besser gelingt die Durchsetzung eigener Wünsche. Deshalb ist es notwendig, das Herz zu reinigen oder anders ausgedrückt, die Seele von Schatten zu befreien. Soweit so gut!

Aber was ist, fragte ich mich, wenn es, wie in meinem Fall, ein Generationen übergreifender karmischer Schatten ist? Ein Dämon? Zum Beispiel: über Generationen hinweg das Schicksal vernachlässigter und verwahrloster Kinder in der Familie, daraus immer wieder resultierend: vorverstorbene Geschwister in der Ahnenreihe und mangelnde Zuwendung, tötende Armut – Eiseskälte.

Ich fragte das Göttinnen-Orakel was ich angesichts dieses Albtraums tun soll. Diesmal antwortete die DREIGESTALTIGE Göttin. Sie sagte mir: „ein Erinnerungsdämon hat dich im Griff. Du hast nur die Möglichkeit dem Schicksal zuzustimmen wie es ist".

In diesem Augenblick erkenne und spüre ich in mir die tiefe Liebe für alle die verlassenen und vernachlässigten Vorfahren und stimme dieser Liebe vorbehaltlos zu. Daraufhin hatte ich in der folgenden Nacht einen Traum von drei russischen Männern, die mit mir in einem Zimmer sitzen, wir unterhalten uns und lachen, ich spreche russisch und ich fühle mich wohl bei ihnen. Dann kommt Julia, eine Russin mit dicken Füßen, herein und ich kann plötzlich kein russisch mehr. Danach bin ich mit neutralen Gefühlen aufgewacht.

Nach meiner Deutung steht die Figur 'Julia' im Traum stellvertretend für die Ahnin, deren Schicksal ich mittrage. Sie kommt jetzt an meine Stelle, die eigentlich ihre Stelle (dicke Füße) ist und löst mich endlich ab.

Der Schatten in meinem *Solarplexuschakra* wurde durch diesen Traum endlich verwandelt.

Offenbar war die Initialzündung für das Unglück in der Schicksalsgemeinschaft der vernachlässigten Kinder in meiner Ahnenreihe eine Frau, mit der ich mich identifizierte, die entweder Selbstmord begangen hatte oder mit einem anderen durchgebrannt war oder auf irgend eine andere Weise, möglicherweise aufgrund von Armut, ihre Kinder, drei Söhne, um die sich dann auch niemand mehr kümmerte, verließ oder um den Lebensunterhalt zu verdienen, verlassen musste. Als ich darüber nachdenke fällt mir auf, dass sich in dem Albtraum der Erinnerungsdämon, der das schwarze Loch: 'Zuwendung' bei mir besetzt hielt und die negativen Gefühle auslöste, in der schwarzen Gestalt meines Ehemanns offenbart hatte. Und da fiel es mir wie Schuppen von den Augen. Der Name des Dämons war: 'Allein gelassen sein', 'verlassen sein', 'um das einem Zustehende betrogen werden' – A b t r e i b u n g .

Ist aber der Dämon erkannt, hat man seinen Namen genannt, hat er keine Macht mehr und die Seele ist frei, die unangenehmen Emotionen verschwinden, die Realität ändert sich. Das ist die Regel."

„Wenn ich Dich richtig verstehe, dann war Dein Ehemann der Dämon?" fragte die Freundin. - „Nein, die Traumgestalt des Dämons ähnelte lediglich meinem Ehemann! Wohl deswegen, weil es unser Kind war, dass wir damals abgetrieben hatten. Im Traum besetzt das Dämonische die Lücke in der Erinnerung, die durch ein Trauma entstanden ist. Das Trauma heisst aber nicht Ehemann, sondern Abtreibung und das ist auch der Name des Dämons.

Lass Dir erzählen wie es weiter ging und was durch die Erkenntnis des Dämons bewirkt wurde.


Tage später. Es ist Samstag. Ich stehe in der Küche und koche wie gewöhnlich für drei, aber weder Ehemann noch Sohn essen mit mir – und niemand sagt mir vorher Bescheid.

„Vampire sind vor ihrer eigenen Realität fliehende Monster! Löse dich von diesem Monster!" sagt mir der Dämon mittels der in mir aufsteigenden Wut über die mangelnde Aufmerksamkeit und Zuwendung des Ehemannes. Aber Achtung, ich wollte doch die Wut loslassen! Aber wie? Ich frage das Tarot-Orakel. Der Tarot gibt mir auf die Frage: Was soll ich tun? Karte 19 – Gottvertrauen! Die Wut ist in diesem Fall Überreaktion. Das beruhigte mich auf der Stelle und die Wut verschwand sofort.

Weitere Tage später träumte ich von mir selbst, wie ich im Traum laut ausrufe: Ich bin frei! Mir gehört die Welt! und mich dabei unglaublich reich und frei fühle. Ich stelle fest, ich bin frei – frei von der Identifizierung mit dem Schicksal meiner Vorfahren. Ich mache mein Glück und Wohlergehen nun nicht mehr von anderen abhängig. Folglich bin ich jetzt auch frei davon, dass mangelnde Aufmerksamkeit und Zuwendung durch meinen Ehemann mein Wohlgefühl beeinträchtigt.

Wieder ein paar Tage später hatte ich einen Traum von meiner alten Wohnung oben im 4. Stock. Ich schaue aus dem Fenster. Unten fahren Autos, die wie bei einem Tsunami vor anströmenden Wassermassen fliehen. Wir, meine Familie und ich, sind oben vor den Wassermassen in Sicherheit. Die Szene wechselt. Ich schaue zusammen mit meinem Mann einem Redner inmitten von Zuhörern zu, der an die Umstehenden blutsaugende kleine Krabbeltiere verteilt. Ich habe auch solch ein blutsaugendes Ungeziefer abbekommen und bitte meinen Mann das von meiner Haut zu entfernen. Die Szene wechselt. Mein Vater sagt mir irgendetwas.

Ich deutete diesen Traum wie folgt: Mein Ehemann hat bislang mein Überleben durch sein 'für mich da sein' abgesichert und jetzt, da er selbst Hilfe braucht, soll ich mir nicht einreden lassen, dass er mich aussaugt. Alles ist immer noch im 'grünen Bereich'. Der Tarot zeigt mir auf die Frage, ob alles im 'grünen Bereich' ist, die Karten 6 und 20 – 'die Liebenden' und 'die Erlösung' – das ist ein JA!

Der Traum am nächsten Tag: Ich höre Schreie. Ein Kleinkind kommt unter die Räder eines Doppeldecker-Busses, in dem ich oben sitze. Ich bin entsetzt. Der Bus ist in eine Kindergruppe gefahren. Erschrocken wache ich auf.

Das ist das Ende der Illusion, nur die anderen, zum Beispiel der Ehemann oder die Eltern oder die Umstände, zum Beispiel die Armut, seien Schuld an der Abtreibung. Ich sehe meinen eigenen Teil der Schuld.

Jetzt erkenne ich es und nehme meine Schuld an. Ich weiß jetzt: Es liegt auch an mir, was ich aus meinem Leben mache. Ich bin voll in meine Macht zurückgekehrt. Die Opferhaltung ist gebannt!"

Die Freundin lächelte und bemerkte kurz: „-Ist das so??"

Melinda entgegnete: „Ja - in den letzten Träumen wurde doch allmählich die Auflösung des Dramas spürbar. Aber warte es ab. Der Clou kommt erst noch.

Tage später träume ich gegen morgen davon, dass nach vielen vergeblichen Versuchen eine neuartige Miniwaschmaschine in Gang zu bringen, es endlich funktioniert. Eine blonde Frau zeigt mir, wie man in der Miniwaschmaschine Babysachen wäscht. Ich sehe die Babysachen im Bullauge der Miniwaschmaschine routieren. Die Göttin (die blonde Frau) sitzt dahinter und lächelt mich an.

Da wusste ich, dass mir vergeben worden war. - Endlich konnte ich auch mir selbst vergeben!

Das Frappierende an dieser so dramatisch verlaufenden Reinigung der Wahrnehmungskanäle durch die Aktivierung der unteren Chakren war aber die Veränderung der Wirklichkeit, die sich in den darauf folgenden Tagen einstellte. Nach jahrelangen vergeblichen Mühen hatte mein Stellengesuch auf einmal Erfolg und ich konnte endlich die Abteilung wechseln und den mich mobbenden Chef verlassen. Der neue Chef erwies sich als echter Glücksfall. Zusätzlich war dieser

Wechsel nach jahrzehntelanger Teilzeitbeschäftigung auch gleich mit einer Vollzeitstelle und einem deutlichen Gehaltszuwachs verbunden."

Die Freundin meinte skeptisch: „Das kann Zufall gewesen sein, Du hast Dich immerhin jahrelang um Veränderung bemüht und nun hat es endlich geklappt."

Melinda entgegnete: „Es gibt keine Zufälle, meine Liebe, davon bin ich überzeugt. Wenn ich meine Manifestationschakren nicht von dem Trauma gereinigt hätte, indem ich den Dämon erkannte, würde ich heute noch in der Teilzeitbeschäftigung verharren und vom Chef gemobbt werden."

„Das würde bedeuten, dass wir auf die Dauer unser Schicksal selbst in der Hand haben, sobald wir die Verantwortung für uns selbst übernehmen können und auf uns acht geben. Darüber muss ich noch einmal in Ruhe nachdenken", sagte die Freundin. Da es bereits spät geworden war, verabschiedeten sich die Freundinnen voneinander. „Ich danke Dir für Deine Geduld und das

Zuhören", sagte Melinda. „Bis zum nächsten Treffen, ich wünsche Dir viel Glück." -"Danke, auch Dir viel Glück. Und komm gut nachhause." Beide umarmten sich.

Einige Monate später war wieder einmal Vollmond. Melinda bereitete sich wie gewohnt auf ihr Vollmondritual vor. Diesmal machte sie zusätzlich vor dem Abbild der Göttin einen Schleiertanz, dann zog sie den Mond auf sich herab und formulierte ihren Wunsch an die Göttin. Sie bat die Göttin, sie von allem Leiden zu befreien. Nach dem Ritual machte sie es sich gemütlich und sah fern. Ein Fantasyfilm mit dem Titel 'Penelope' interessierte sie besonders. Er handelte von einem Mädchen mit einem Schweinsrüssel als Nase. Ihre abgetriebene Tochter fiel ihr ein, die im Jahr des Schweins geboren worden wäre. Sie erkannte, dass sie durch den Film eine Botschaft von der Seele ihrer abgetriebenen Tochter erhielt. „Meine Tochter wäre inzwischen 28 Jahre alt", kam es ihr in den Sinn. In dem Film war die Heldin Lehrerin geworden, hatte die große

Liebe gefunden und wollte viele Kinder haben. - Die Botschaft des Films für Melinda lautete: Die Seele meiner abgetriebenen Tochter geht jetzt ihren eigenen Weg und verabschiedet sich von mir. Es ist alles gut!

In der darauffolgenden Nacht träumte Melinda von Penelopes Hochzeit: Die Tochter wartete im Ankleideraum und Melinda sagte in der Küche einem Mann namens Paul irgendetwas.

Nachts in der Unterwelt erklärte Melindas Seele einer ihr unbekannten Seele namens Paul warum er in diesem Leben seine große Liebe nicht finden wird, die ihre Tochter gewesen wäre, und bat auch ihn um Vergebung.

Eine größere Schwerkraft

Melinda sah wieder einmal abends fern. Es lief gerade ein Bericht über den Mond, über Elektrizität, Edison, Tesla, Gleichstrom, Wechselstrom, über das Sonnensystem und darüber, dass es einmal untergeht, weil die Sonne alles verschlingt und darüber, dass sich bereits jetzt der Mond von der Erde entfernt. Das Universum ist ein einziges und immerwährendes Chaos der Umwandlungen. Und wir haben gerade einen Zeitraum erwischt, wo das Erde-Mond-Tandem im richtigen Abstand zur Sonne und das Sonnensystem in Harmonie ist, wodurch die Existenz von Leben möglich ist.

Die Sendung inspirierte Melinda zu folgendem Gedankengang: „Mitten im Chaos der Umwandlung steht der Geist. Die Umstände verändern sich ständig, denn unsere kleine harmonische oder unharmonische Welt und wir sind ja nicht allein im Universum. Geist wandelt sich in Körper und Körper in Geist. Was ihn herein und wieder heraus bringt, ist eine andere Kraft, eine größere Schwerkraft. Energie ist der Strom zwischen zwei Polen. Erde und Mond kreisen um die Sonne. In der Mitte steht also der Geist, das reflektierte Sonnenlicht. Goldenes Licht! Eine größere Schwerkraft! Die Sonne, unsere Seele, die Liebe der Ahnen - dieses Licht ist immer da."

Mit diesen Eindrücken im Kopf schlief Melinda ein als ein Traumgedanke aufblitzte: 'ich will zu den Toten'. Und dann sah Melinda im Traum den Vollmond am klaren Nachthimmel stehen. Und sie sagte: „danke Göttin!"

Tags war sie depressiv und hatte Aversionen gegen ihren Ehemann. Es schien als hätte ihre vor 18 Jahren verstorbene Mutter ihre Hand im Spiel. Die hatte Melinda als Kind immer unterdrückt und außerdem konnte sie ihren Mann nicht leiden. Der Mond steht symbolisch auch für die Mutter. Ein voller Mond bedeutet jedoch Wunscherfüllung. Vermutlich bedankte sie sich deshalb bei der Göttin. Und damit dankte sie in Wirklichkeit auch ihrer verstorbenen Mutter, weil sie ein

Werkzeug der Göttin war und ihren Wunsch nach Wiedergeburt erfüllt hatte.

Melinda fragte das Orakel nach der Göttin, um wie gewohnt die Traumbotschaft zu erkennen: Es war die DREIGESTALTIGE Göttin, das ist die weibliche Energie schlechthin. Sie zog zusätzlich die Tarotkarten 16 und 5.

„Aha! Um wieder zu Kräften zu kommen, soll ich meinen Geist befreien. Das heisst, ich soll meine Mitte suchen. Das tue ich, indem ich den Geist ruhen lasse, mich auf den Körper konzentriere, in Musik versenke und tanze", folgerte Melinda daraus.

Da auch Musik und Tanz Emotionen erschließt, liebte sie den Tanz.

Nach ausgiebiger Bauchtanzmeditation vor dem Abbild der Göttin IX CHEL, einer Heilungsgöttin der Maya, spürte Melinda nachts im anschließenden Traum den Schmerz ihrer Familie väterlicherseits:

Sie träumte von Wassermassen, die eine Stadt überfluteten. Sie rettete sich in höhere Gefilde.

Der Rest des Traums verschwand im Dunkel. Sie spürte nur noch ganz deutlich den Schmerz. Da war die Trauer einer Mutter, deren Sohn in den Krieg zieht und den sie nie wieder sieht. Die Urgroßmutter! Da war der tiefe Schmerz ihrer Halb-Schwester über den Verlust der Familie (geschiedene Eltern) und die darüber gestorben ist. Da war ihre Trauer darüber, dass ihre Herkunftsfamilie ihr nicht wohlgesonnen war: Ihr Bruder verübte zwei Mordanschläge auf Melinda als sie Kinder waren und einen auf sie beide, als sie schon erwachsen waren. Er hätte am liebsten ihren Sohn umgebracht, weil er ihn als Konkurrenten bei ihren Eltern ansah und neidisch war, weil er selbst keine Kinder hatte.

Dies alles, es tat ihr so weh!

Und Melinda war die Schwester, die ihren Empfindungen nicht traute, weil sie als mittleres Kind zwischen allen Stühlen saß und auszugleichen versuchte. Denn die uneingestandene Trauer um den frühen Verlust seines eigenen Vaters und den seiner Tochter aus erster Ehe, hatte es ihrem Vater unmöglich gemacht, sich ihrem Bruder und ihr zuzuwenden.

„Mein Bruder kämpfte schließlich mit seinem unmöglichen Verhalten immer nur um die Zuwendung unseres Vaters", dachte Melinda.

Um den ins Bewusstsein drängenden unglaublichen Schmerz zu heilen und wieder in die eigene Mitte zu kommen, fragte Melinda Lichtwesen. Diese sagten: betroffen ist das Chakra der Knie und Hände. Melinda versenkte sich in tiefe Meditation und sah im Innern sich selbst und ihre beiden Geschwister, wie sie sich zu dritt an den Händen halten und weinen und trauern um den Verlust ihrer Familie. Es war erneut der Schmerz ihres Vaters, den sie spürten. Sie fielen auf die Knie und mit ausgestreckten Armen und nach oben gedrehten Handinnenflächen verbeugten sie sich vor ihrem Vater, der sie gezeugt hatte, und seinem Schmerz.

Melinda wusste, dass die Ordnung der Ma'at darin besteht, dass Männer ihren Frauen dienen und Frauen ihren Männern folgen. Wenn ein Mann aber dem Kaiser dient und nicht seiner Frau, dann gerät diese Ordnung aus den Fugen und das Verhängnis nimmt seinen Lauf.

Ohne diese Fehlentscheidung ihres Großvaters, für den Kaiser in den Krieg zu ziehen, wären Melindas Bruder und sie aber nicht geboren worden. „Die Frage ist", dachte Melinda, „haben mein Bruder und ich, als wir noch Geister waren, die Entscheidung unseres Großvaters beeinflusst?

Jedenfalls sind wir aber in gewisser Weise, soviel ist sicher, den inneren Dämonen unseres Großvaters entsprungen, für den der Kaiser auch nur eine Art Vaterersatz war.

In diesem Sinne müssen wir unserem Schicksal danken, dass es uns gibt und es annehmen mit allen Konsequenzen, die es mitbringt. Und eine dieser Konsequenzen ist, dass wir Geschwister in diesem Leben für immer getrennt sind."

Bei diesem Gedanken wich der letzte Druck.

Erleichtert bemerkte Melinda: „Jetzt fühle ich mich frei. -
Danke IX CHEL, dass du mir die Wahrheit gezeigt hast!"

## Nachwort – Hexenkunst

Hexen kämpfen gegen Dämonen. Was sind Dämonen?

Dämonen sind aus schamanischer Sicht Quälgeister, Lückenfüller, Glücksfresser.

Wenn einem ein Trauma widerfährt, dann entsteht eine Lücke im Energiekörper des Menschen, durch die der Tod eintreten kann oder die von einem Dämon besetzt wird. Der Dämon hindert einen dann daran, durch Erkenntnis des Trauma-Geschehens mittels Bewusstsein die Lücke im Energiekörper wieder zu schließen.

Wenn man es schafft diesen Dämon beim Namen zu nennen, dann schließt sich die Lücke im Energiekörper und der Dämon dient einem fortan. Ergebnis: Die Lebensenergie steigt, Heilung geschieht., das Glück kehrt zurück.

Schamanen nennen diesen Vorgang: zurückholen bzw. integrieren von Seelenanteilen.

Glossar:

*Feng Shui* – altchinesische Lehre von der Raum- und Zeitgestaltung (Taoismus)

*Yin* – Antipode von Yang im Feng Shui

*Anch* – Symbol für Leben in der altägyptischen Religion

*Yogi* – Praktizierender des Yoga

*Chakra* – indische Bezeichnung für das feinstoffliche Kraftzentrum des Körpers

*einfache Peitsche* – Name einer Tai Chi Körperstellung

*Hüter der Schwelle* – Bezeichnung für den Wächter an der Grenze zwischen Diesseits und Jenseits.

*Ma'at* – altägyptische Göttin der Wahrheit und des Ausgleichs

Bücher von Shakti Morgane

Orientalischer Tanz und Ekstase & Kalender der Göttin;

Die Richtung der Kraft – Familienrepräsentation mit

Tarot & Tarot. Der Schlüssel zur Magie;

Kalender der Göttin;

Die Lichtwesen des Tarot;

Die Glücksfresser und das Feng Shui der Steine;

Buch der Schatten;

Verwurzelt sein im ,alten Pfad';

Als Hexe wirken;

Hexenweisheit;

Hexenflug;

Hexenkalender;

eBook:

Tarot & Feng Shui

Orientalischer Tanz & Ekstase

Bauchtanztraining meditativ – der innere Raum